Au bord de la mer...

LA SEICHE VEUT ÊTRE GRANDE

Texte et illustrations
Christophe Boncens

Tout au fond de la mer, une petite seiche nommée Chaloupe vit avec sa famille.
Elle admire sa grande sœur et aimerait pouvoir tout faire comme elle.

La sœur de Chaloupe part fêter l'anniversaire de son amie la langoustine.

– Je peux venir aussi? demande Chaloupe.

Sa maman lui explique:

– C'est une fête pour les grands. Plus tard, tu seras toi aussi invitée par tes amis.

Contrariée, la petite seiche fait la tête.

Le lendemain, le poulpe vient chercher la sœur de Chaloupe pour aller jouer dans les courants.
– Je viens aussi ! s'écrie Chaloupe.
– Tu es trop petite, tu serais vite emportée par les flots ! répond le poulpe en ricanant.

À peine rentrée, la sœur de Chaloupe demande à sa maman:

– Les parents de la sardine m'invitent pour assister au spectacle des bigorneaux. Je peux y aller?

– Bien sûr, ma chérie.

Chaloupe s'écrie:

– MOI AUSSI, JE VEUX VOIR LE SPECTACLE!

– Tu es bien trop jeune pour te coucher si tard! lui répond sa sœur.

Chaloupe est en colère, elle veut devenir grande comme sa sœur.
Le jour suivant, sa maman étant très occupée, la petite seiche s'enfuit.

Elle se sent enfin libre. Elle nage à toute vitesse, s'enroule dans les algues, glisse sur les rochers. « Je n'ai jamais été aussi heureuse », pense-t-elle.

Tout à coup, une immense ombre noire se dirige vers elle. Chaloupe lève la tête et se retrouve face à un gros mérou.

– HMMMM! Une bonne petite seiche pour mon repas! s'exclame-t-il d'une grosse voix.

Effrayée, Chaloupe s'immobilise, ne pensant même pas à s'échapper.

Le mérou ouvre sa bouche et attrape Chaloupe
par un de ses tentacules.
La pauvre petite ne peut plus bouger.
– Il va me dévorer ! murmure-t-elle
en pleurant.

Soudain, Chaloupe reconnaît la voix de sa mère:
– Merci, Monsieur le mérou, d'avoir retrouvé ma fille!
– Je vous l'avais promis, sourit le gros poisson en libérant la petite seiche.
– As-tu bien compris la leçon? Tu es encore trop petite pour t'aventurer ainsi seule dans l'océan, ajoute-t-il.
Chaloupe nage vers sa maman et se blottit contre elle.

Chaloupe a compris qu'elle doit patienter car, à son tour, elle sera grande un jour.
La petite seiche envie tout de même parfois sa grande sœur et rêve encore de l'imiter. Mais, comme disent ses parents, en lui faisant de gros bisous, il y a aussi des avantages à être petite!

Jouons avec Chaloupe!

Quels sont les deux mérous identiques?

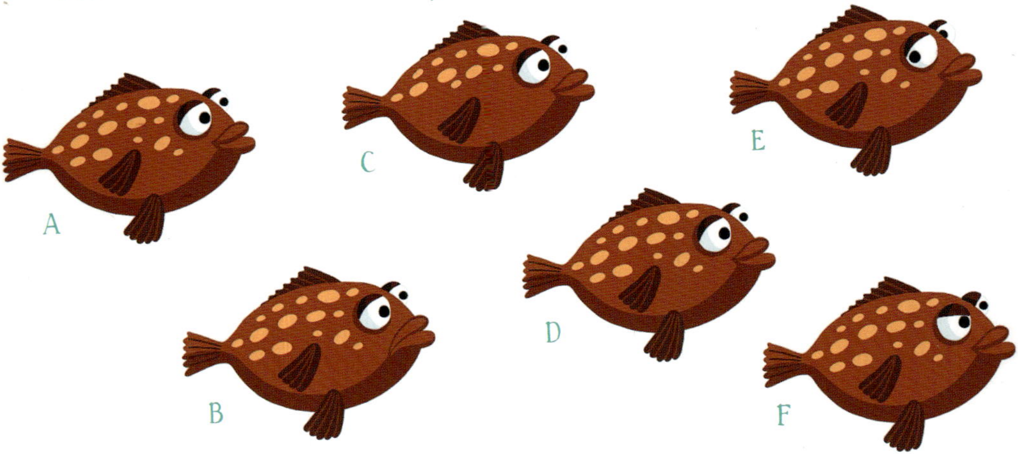

Avec quoi Chaloupe s'amuse-t-elle lors de sa fugue?

Réponses: jeu n°1: A - D / jeu n°2: B - D

Mets les carrés dans le bon ordre pour reconstituer l'image.

A

B

C

D

Réponse: A - D - C - B

Dessinons Chaloupe!

A – Commence par dessiner la tête et les tentacules de Chaloupe.

B – Dessine son corps.

C – Dessine ses yeux.

D – Dessine-lui un joli sourire.

Crée un joli décor et colorie ton dessin représentant Chaloupe.

Dans la même collection :

Merci à Sylvie pour son aide dans la rédaction
et la relecture du texte.

ISBN : 978-2-37133-213-3

Kerangwenn – 29540 Spézet/Speied.

« Loi n°49-956 du 16 juillet 1949 sur les
publications destinées à la jeunesse. »

Impression LEGO, Italia.
Photogravure Procolor, Quimperlé.
Dépôt légal : 2e trimestre 2019.

www.beluga-jeunesse.com
www.coop-breizh.fr